LE

CRIME DE MOUTIERS

COMÉDIE-BOUFFE EN UN ACTE

IMPRIMERIE GÉNÉRALE DE CHATILLON-S-SEINE. — M. PEPIN.

LE
CRIME DE MOUTIERS

COMÉDIE-BOUFFE EN UN ACTE

Pour Jeunes Gens

PAR

LEMERCIER DE NEUVILLE

PARIS

LIBRAIRIE THÉATRALE

14, RUE DE GRAMMONT, 14

—

1889

PERSONNAGES :

JEAN TROTT, touriste.

DUTRIPARD, \
VEAUPIQUÉ, } charcutiers.

LA VERDURE, gendarme.

BIDONNET, juge.

———

Cette pièce est extraite de l'ouvrage intitulé : *COMÉDIES POUR JEUNES FILLES*, du même auteur.

LE

CRIME DE MOUTIERS

Une place publique. — Charcuterie à droite.

SCÈNE PREMÈRE

JEAN TROTT, parlant dans la coulisse.

Oui! riez! riez! Bonnes âmes! s'il vous était arrivé
une aventure comme la mienne vous ne seriez pas si
gais! (Il entre en scène.) Le fait est que je suis mis
comme un voleur et pourtant les voleurs viennent
de me dévaliser. — Voici l'histoire. (Au public.) Je
m'appelle Jean Trott, je suis membre du Club Alpin français et parcours en ce moment les bords de
la Meuse, dans les environs de Namur. Pays char-
mant, du reste. J'étais allé voir la fameuse grotte de
Han et m'en revenais à pied, comme toujours, quand
au coin d'un bois, — c'était hier soir — je me trouve
accosté par trois gaillards de mauvaise mine qui

1

après m'avoir salué, m'entourent, me déshabillent, me dépouillent et s'en vont, après toutefois m'avoir salué une nouvelle fois. — Des voleurs polis! Du reste, pas un mot ne fut échangé entre nous. — Crier! c'était me faire assassiner. J'ai préféré me taire. — L'opération terminée, je me retirais à moitié nu, quand j'aperçus, au pied d'un arbre, ces vêtements sordides. Sans doute un des voleurs s'était revêtu des miens et m'avait laissé sa défroque. Je l'endossai sans scrupule. Et depuis ce moment je suis à la fois la risée et la terreur de tous ceux que je rencontre, Et je meurs de faim et tombe de fatigue! Sans ces deux détails pénibles, je rirais moi-même de mon aventure, mais j'avoue que je ne serais pas fâché d'avoir un morceau sous la dent. (Montrant la gauche.) Hé! voici une grange ouverte, glissons-nous dedans pour prendre un peu de repos.

Il sort à gauche.

SCÈNE II

DUTRIPARD et VEAUPIQUÉ, sortant de la charcuterie.

DUTRIPARD.

Je te l'ai dit, nous aurions dû nous y prendre plus tôt.

VEAUPIQUÉ.

Pourquoi? Monsieur Bedonnet ne viendra qu'à six heures, nous avons le temps.

DUTRIPARD.

Oh! son affaire ne sera pas longue.

VEAUPIQUÉ.

Nous l'expédierons en un rien de temps.

DUTRIPARD.

Il est très fort, il faudra l'attacher.

VEAUPIQUÉ.

Tu as repassé ton coutelas?

DUTRIPARD.

Il est fraîchement aiguisé. Je te le saignerai proprement.

VEAUPIQUÉ.

Nous le couperons ensuite en morceaux.

DUTRIPARD.

Sans doute! Il nous rapportera gros!

VEAUPIQUÉ.

J'en réponds, bien plus que le dernier.

DUTRIPARD.

Le dernier criait comme un diable!

VEAUPIQUÉ.

Je m'y prendrai mieux, cette fois ; celui-ci ne dira pas ouf.

DUTRIPARD.

Tu as apprêté les terrines pour le sang?

VEAUPIQUÉ.

Oui! Allons, le moment est venu, viens!

DUTRIPARD.

Allons! Nous allons lui faire son affaire à ce monsieur!

Ils rentrent dans la charcuterie.

SCÈNE III

TROTT, entrant précipitamment.

Qu'ai-je entendu? J'en suis encore tout tremblant!
Ce sont peut-être les brigands qui m'ont dévalisé?
Ils vont le couper par morceaux! C'est sans doute
un pauvre voyageur comme moi!... Que faire? Je ne
puis pas laisser commettre ce crime! Il faut intervenir!... Si j'avais des armes! mais rien! rien! Et ceci
se passe en plein jour, dans un pays civilisé! C'est
horrible! J'ai envie de crier au secours...

SCÈNE IV

TROTT, LA VERDURE.

LA VERDURE, à part.

Un étranger!

TROTT, sans voir La Verdure.

Le mieux est d'aller avertir la gendarmerie.

Il va pour sortir.

LA VERDURE, mettant la main sur l'épaule de Trott.

Un instant! Vos papiers?

TROTT.

Mes papiers? Il s'agit bien de mes papiers! Gendarme, on va commettre un crime.

LA VERDURE.

Ça ne me regarde pas! Savez-vous! Vos papiers?

TROTT.

Mais, malheureux! il n'y a pas un instant à perpre! Le crime se commet peut-être à ce moment! Il faut l'empêcher à tout prix! — A tout prix, entendez-vous?

LA VERDURE.

J'entends bien! Vous voulez gagner du temps! Mais le gendarme La Verdure est un malin, savez-vous, on ne lui en fait pas accroire, pour une fois!

TROTT.

Mon Dieu! que ce gendarme est entêté! Mais vous n'avez donc pas de cœur? Vous n'avez donc pas d'âme? Vous ne connaissez donc pas vos devoirs?

LA VERDURE.

Mes devoirs, je les connais mieux que vous, savez! J'ai été averti que certaines personnes de mauvaise mine divaguaient dans la commune de Moutiers et j'ai reçu l'ordre de les arrêter. Vos papiers?

TROTT.

Mais enfin, je n'ai pas mauvaise mine, moi!

LA VERDURE.

C'est que vous ne vous êtes pas regardé! — D'abord, tout un chacun qui n'a pas de papiers a mauvaise mine. Vos papiers?

TROTT.

Mes papiers! mes papiers! Est-ce que j'en ai des papiers? C'est-à-dire, si! J'en avais, mais on me les a pris.

LA VERDURE.

Je vais vous confondre ! On ne prend pas de papiers ! on prend de l'argent, des valeurs, des bijoux, mais on ne prend pas de papiers ! — A quoi ça servirait-il de prendre des papiers ? Mais enfin, une supposition que vous aviez des papiers, qui est-ce qui vous les a pris ?

TROTT.

Des malfaiteurs qui m'ont dévalisé.

LA VERDURE.

Vous voyez bien que vous mentez ! S'ils vous ont dévalisé, ils n'ont pas pris vos papiers. Quand on dévalise quelqu'un, on prend sa valise !

TROTT.

Mais, mes papiers étaient dans ma valise...

LA VERDURE.

C'est invraisemblable ! On porte toujours ses papiers sur soi. Enfin, supposons toujours que vous aviez des papiers, si des malfaiteurs vous les ont pris, vous devez savoir où sont ces malfaiteurs ?

TROTT.

Parbleu ! Ce sont sans doute ceux qui sont dans cette maison où ils vont assassiner un homme !...

LA VERDURE.

Alors ce sont des assassins et non pas des malfaiteurs.

TROTT.

Assassins ! malfaiteurs ! c'est la même chose.

LA VERDURE.

Et d'abord, pourquoi dites-vous que ce sont des

assassins? Si c'étaient des assassins, ils vous auraient tué et n'auraient pas pris vos papiers, pour
une fois !

TROTT.

Mais, malheureux gendarme ! je viens de les en-
tendre comploter leur crime... Je ne crois pas que
l'homme soit déjà tué, c'est pour cela que je vous
supplie de les arrêter auparavant.

LA VERDURE.

Je ne peux pas arrêter un homme pour un crime
qu'il n'a pas commis encore.

TROTT.

Mais vous pouvez empêcher qu'il commette ce
crime !

LA VERDURE.

Non pas ! Savez-vous ! Je n'ai pas reçu d'ordre. —
Si mon brigadier m'avait dit : « — La Verdure,
voici un homme qui va commettre un crime, il faut
l'arrêter ! » Je l'arrêterais ! Mais autrement, savez-
vous, je ne peux pas, parce que tant qu'il n'a pas
commis de crime, il est innocent.

TROTT.

Il ne le sera plus, tout à l'heure !

LA VERDURE.

Alors tout à l'heure nous verrons ! Quant à vous,
je vous arrête, parce que vous êtes coupable, puisque vous n'avez pas de papiers.

TROTT, exaspéré.

Des papiers ! Des papiers ! Mais qu'est-ce que c'est
que ça ? Des papiers ! Je n'ai jamais eu de papiers.

LA VERDURE.

Voyons! n'aggravez pas votre situation! Tout le monde a des papiers. Moi, qui vous parle, j'ai des papiers! D'abord mon acte de naissance, qui prouve que je suis né! Tenez! montrez-moi seulement votre acte de naissance et je vous laisse aller!

TROTT.

Mais on ne voyage pas avec son acte de naissance.

LA VERDURE.

C'est un tort! Comment voulez-vous que je sache que c'est vous, puisque vous ne pouvez pas me prouver que c'est vous qui êtes vous?

TROTT.

Mais gendarme! quand je vous prouverais que c'est moi, qui suis moi, à quoi ça vous avancerait-il?

LA VERDURE.

Ça m'avancerait à avoir de l'avancement, parce que j'aurais fait mon devoir!

TROTT, à part.

Ce gendarme est stupide! Comment lui faire comprendre que peut-être en ce moment on assassine un homme! (Haut.) Ecoutez, gendarme! Vous persistez à vouloir m'arrêter?

LA VERDURE.

Je ne persiste pas! Je vous arrête préalablement et je vais vous conduire au poste.

TROTT.

Ça, c'est une autre chose! Je suis très fort et je ne vous engage pas à vous frotter à moi.

LA VERDURE.

De la rébellion! Très bien! Je vais chercher un camarade!

TROTT.

Eh bien, soit! Votre camarade sera peut-être plus intelligent que vous !

LA VERDURE, à part.

De ce côté, il m'a dit qu'il y avait des assassins, par conséquent, comme il doit tenir à sa peau il ne se sauvera pas par là. — De ce côté c'est la gendarmerie, il ne se risquera pas par là non plus. Il est donc évident que je vais le retrouver ici tout à l'heure.

Il sort.

SCÈNE V

TROTT, seul.

- Que faire avec un pareil imbécile! Et dire qu'en ce moment-ci, les assassins aiguisent leur coutelas!... Ils guettent la victime, ils vont l'immoler... Je sais cela moi! et je ne puis rien faire... Ah! je suis navré! Navré! Navré! (Il paraît très abattu, mais se relève tout à coup.) Ah! ça, mais je n'y comprends plus rien! Le crime que j'attendais ne se perpètre pas! L'auraient-ils remis à huitaine, comme on dit dans les tribunaux? Ou bien la victime n'est-elle pas présente? Que supposer? Je n'entends aucun bruit... L'heure n'est peut-être pas sonnée?

En ce moment l'horloge du village sonne six heures.

1.

SCÈNE VI

TROTT, BEDONNET.

BEDONNET.

Six heures ! et mon dîner est à huit heures ! Dutripard aura oublié ma commande !... Ce n'est pas possible !...Ce serait la première fois !... Quand un charcutier a l'honneur d'être le fournisseur de l'honorable Bedonnet, juge de paix de Moutiers, ci présent, il doit avoir un zèle qui devance les heures !

TROTT, à part.

Bedonnet ! Bedonnet, oui... c'est bien le nom de la victime que ces misérables ont imprudemment proféré... Bedonnet !

BEDONNET.

Je les connais ! Dutripard est un fieffé paresseux et Veaupiqué son premier clerc, ne vaut pas mieux que lui ; — ils sont capables de s'être attardés au cabaret et de m'avoir oublié.

TROTT, à part.

Bedonnet ! c'est la future victime...

BEDONNET.

C'est que je traite ce soir mon confrère de Pont-de-Bonne... Il adore le boudin et je le sais si gourmand qu'il me ferait mauvaise mine si je ne lui en offrais pas !

TROTT, à part.

Cela me fait pitié ! Ce juge de paix qui va tranquillement à l'abattoir ! C'est horrible. Et cet homme

a une bonne nature, il veut régaler un de ses confrè-
res et ne sait pas que dans cinq minutes peut-être...

BEDONNET, se dirigeant vers le charcutier.

Allons activer ces paresseux !

TROTT, abordant Bedonnet.

Pardon ! Monsieur le juge, je voudrais vous dire
deux mots.

BEDONNET.

Je n'ai pas le temps ! Venez à mon audience, je
vous écouterai.

TROTT.

Mais, monsieur le juge, c'est très pressé ; je vous
en prie, laissez-moi vous parler.

BEDONNET.

Vous écouter ! à cette heure?... Vous n'y songez
pas ! C'est impossible ! D'abord je ne vous connais
pas ! Et puis il y a des formalités à remplir... Si j'é-
coutais tout le monde, dans la rue... je n'aurais personne à mon audience ! Ma dignité ne me permet
pas de faire des passe-droits... Je vais vous indi-
quer la marche que vous devez suivre : — Vous allez m'envoyer une demande d'audience, sur papier
timbré !... Je l'étudierai et je la passerai ensuite à
mon greffier qui la classera... Au bout de huit jours
vous recevrez une lettre d'admission à mon audience
et vous passerez à votre tour... Je suis un juge intè-
gre et ne fais rien par faveur !

TROTT.

Ceci fait votre éloge, monsieur Bedonnet, mais je
ne vous demande pas d'audience !

BEDONNET.

Alors que me demandez-vous ?

TROTT.

Rien, je veux vous sauver d'un grand péril! Vous êtes bien monsieur Bedonnet?

BEDONNET.

Sans doute!

TROTT, montrant le charcutier.

Eh bien, n'entrez pas dans cette maison!...

BEDONNET.

N'entrez pas!... Vous me donnez des ordres!... Monsieur! C'est moi qui en donne et je n'en reçois jamais! Laissez-moi!

TROTT, à part.

Il est aussi entêté que le gendarme! (Haut.) Je vous en prie, monsieur Bedonnet...

BEDONNET, avec hauteur.

Assez, monsieur! Je sais ce que j'ai à faire...

TROTT, à part.

Il est aussi entêté que le gendarme!... Je n'ai plus qu'une ressource : Aller à la gendarmerie et ramener tous les gendarmes pour empêcher un malheur!

Il sort.

SCÈNE VII

BEDONNET, puis DUTRIPARD.

BEDONNET.

Ah ça! est-ce que cet inconnu voudrait m'empêcher de manger du boudin? Ce serait un peu fort!

(Allant à la charcuterie et appelant.) Maître Dutripard ! maître Dutripard !

DUTRIPARD, sortant.

Ah ! Monsieur le juge !...

BEDONNET.

On dirait, maître Dutripard, que vous m'avez oublié !

DUTRIPARD.

Bien au contraire, monsieur le juge, je m'occupe de vous.

BEDONNET.

Comment se fait-il que ma commande ne soit pas prête ?

DUTRIPARD.

Ne craignez rien, vous l'aurez à temps pour votre dîner.

BEDONNET.

Je n'en crois rien, maître Dutripard.

DUTRIPARD.

Si monsieur le juge voulait bien venir avec moi, j'aurais l'honneur de la préparer devant lui.

BEDONNET.

Hum ! Hum ! Comme juge, je ne devrais peut-être pas vous suivre, mais comme simple particulier, je veux bien condescendre à cette vérification.

Ils entrent dans la maison.

SCÈNE VIII

TROTT, LA VERDURE.

TROTT.

Venez ! Venez ! Il sera peut-être trop tard !

LA VERDURE.

Ah ! ça, mais ! vous n'avez pas bientôt fini de me faire courir comme ça ? Vous oubliez que j'ai des bottes neuves !

TROTT.

Il s'agit bien de bottes ! La victime, c'est M. Bedonnet, votre juge. Il est là dans la maison... Entrons ! Nous pourrons peut-être le sauver !

LA VERDURE.

N'allons pas si vite ! Tout cela n'est pas clair ! Voyons ! Vous dites que le juge, M. Bedonnet, est assassiné ?

TROTT.

Non, pas encore !

LA VERDURE.

Eh bien, il faut attendre.

TROTT.

Mais non, malheureux ! il ne faut pas attendre ! Quand le crime sera commis il sera trop tard !... Entrons !

LA VERDURE.

Pardon ! Je connais mes devoirs, je n'ai pas le droit de violer un domicile.

TROTT.

Ah! quelle tête carrée! Eh bien, restez là, j'entre sans vous.

LA VERDURE.

Je vous le défends!... Vous êtes mon prisonnier!

TROTT.

Prenez garde! Je vous rends responsable de ce qui va vous arriver.

On entend des cris dans la maison.

Malheureux! Le crime est consommé!

LA VERDURE.

Maintenant, je connais mon devoir! Ces cris sont séditieux! Je vais faire la perquisition. Je vous autorise à m'accompagner.

Il entre dans la maison.

TROTT.

Maintenant... c'est bien inutile!

Il reste accablé.

SCÈNE IX

TROTT, seul.

C'est horrible! Et dire que j'ai tout fait pour empêcher cela! Quel drame! A la première réunion du Club-Alpin, quand je raconterai mon voyage j'aurai un succès de terreur! Triste succès! Je dirai le complot que j'ai entendu; la victime qui est venue d'elle-même se livrer aux assassins; le gendarme qui a refusé d'intervenir; puis, dans l'ombre, ce cri effrayant qui précédait l'agonie du malheureux! Désormais, pour moi, plus de repos! Je verrai toujours ces horreurs dans mes rêves!

SCÈNE X

TROTT, BEDONNET.

BEDONNET, sortant de la charcuterie.

Maintenant, je suis rassuré! Mon dîner n'est pas compromis.

TROTT.

Vous ici? Vivant!

BEDONNET.

Ah ça! mais monsieur! Vous m'en voulez, je crois! Je suis vivant et bien vivant et n'ai jamais été malade.

TROTT.

Dieu soit loué! Et comment en avez-vous réchappé?

BEDONNET.

Réchappé! De quoi? Qu'est-ce que vous voulez dire?

TROTT.

Alors vous avez été le plus fort? Cependant ils étaient deux.

BEDONNET.

Comment, deux? Je n'en ai vu qu'un! — Mais au fait, de quel droit m'interrogez-vous? Et d'abord je ne vous connais pas, qui êtes-vous?

TROTT.

Qui je suis ? Mais un pauvre touriste qui a été dévalisé par ces brigands.

BEDONNET.

Quels brigands ?

TROTT.

Ceux à qui vous venez d'avoir affaire.

BEDONNET, à part.

Il est fou ! A moins que ce ne soit une ruse pour dépister la Justice. (Haut.) Montrez-moi vos papiers !

TROTT.

Mes papiers ! C'est une manie dans ce pays-ci... Voyons ! comment voulez-vous que je vous montre mes papiers, puisque vos assassins me les ont pris ?·

BEDONNET.

Mes assassins ! Mais je ne suis pas assassiné ! (A part.) Cet homme a la tête dérangée.

TROTT.

Ils ne vous ont pas assassiné, c'est vrai, puisque vous me le dites, mais ils en avaient l'intention.

BEDONNET, à part.

C'est une manie ! Mais ça n'est pas clair ! (Haut.) Monsieur, ou vous êtes sérieux ou vous ne l'êtes pas ? Dans le premier cas, vos hallucinations m'obligent à m'assurer de votre personne ; dans le second, vous vous moquez de moi. De toutes façons mon devoir m'oblige à vous arrêter ! Gendarme ! gendarme !

TROTT.

Ah ! mais non ! avec celui-ci et ses procédures, je

resterais trop longtemps en prison. J'aime mieux m'en aller !

Il se sauve.

SCÈNE XI

BEDONNET, LA VERDURE.

BEDONNET.

Gendarme ! Où êtes-vous, gendarme ! Arrêtez cet homme qui court ! Où donc êtes-vous, gendarme ?

Il court autour de la scène.

LA VERDURE, *sortant de la charcuterie.*

Qui m'appelle ? me voici !

BEDONNET.

Où étiez-vous donc ? Je vous cherche partout.

LA VERDURE.

Mais, monsieur le juge, j'étais en train de vous chercher.

BEDONNET.

De me chercher ? Quand c'est moi qui vous cherche !

LA VERDURE.

Alors, nous nous cherchions tous deux ! Mais alors puisque vous êtes vivant, vous n'êtes donc pas mort ?

BEDONNET.

Quelle est cette plaisanterie, la Verdure ? Vous aussi vous allez me la faire ?

LA VERDURE.

Ce n'est pas une plaisanterie, monsieur le juge, moi, je croyais que c'était fini, sans cela je ne serais pas entré.

BEDONNET.

Fini! Mais quoi fini?

LA VERDURE.

L'assassinat!

BEDONNET.

Il y a eu un assassinat?

LA VERDURE.

Dame! Le cri que vous avez jeté!

BEDONNET.

Moi? J'ai jeté un cri?

LA VERDURE.

Tout à l'heure!

BEDONNET.

Où ça?

LA VERDURE.

Dans cette maison.

BEDONNET.

Ici? Mais ce n'est pas moi qui ai crié.

LA VERDURE.

Alors qui ça?

BEDONNET.

C'est le cochon!

LA VERDURE.

Le cochon! Quel cochon?

BEDONNET.

Le cochon que tuait Dutripard pour me faire des boudins que je dois manger ce soir avec mon confrère de Pont-de-Bonne.

LA VERDURE, ahuri.

Un cochon !... Dutripard !... des boudins !... Votre confrère ! Mais, monsieur le juge, où est l'assassin !

BEDONNET.

Il n'y a pas d'assassin puisque personne n'est tué... que le cochon !... Qui est-ce qui vous a parlé d'assassin ?

LA VERDURE.

C'est l'inconnu ?...

BEDONNET.

Quel inconnu ?

LA VERDURE.

Celui qui n'avait pas de papiers.

BEDONNET.

Et vous ne l'avez pas arrêté ?

LA VERDURE.

Si fait ! Je l'ai arrêté.

BEDONNET.

Et où est-il ?

LA VERDURE.

Il devrait être ici.

BEDONNET.

Vous voyez bien qu'il n'y est pas ! C'est celui qui vient de se sauver. La Verdure, mon ami, faites

bien attention ! Vous vous relâchez depuis quelque
temps et, en vous relâchant, vous relâchez les pri-
sonniers. Nous n'en avons, cependant, pas beaucoup.
Si vous tenez à votre position, il faut me repincer
immédiatement celui-là. Je rentre chez moi. Je
compte que vous allez remettre la main dessus et
me l'amener avant mon dîner. (A part.) Je ne serais
pas fâché de montrer à mon confrère de Pont-de-
Bonne comment je rends la justice.

Il sort.

SCÈNE XII

LA VERDURE, puis TROTT.

LA VERDURE.

Il vient de se sauver ! C'est impossible ! Puisque
je l'ai arrêté ! d'ailleurs, comme il n'a pas de papiers, il ne peut aller bien loin ! Qu'est-ce que je
disais ? Le voici !

TROTT, entrant, des papiers à la main. A part.

Maintenant je suis en règle ! J'ai été trouver le
bourgmestre qui m'a donné un passeport sur ma
bonne mine. J'espère qu'on va me laisser tran-
quille !

LA VERDURE.

Ah! Ah ! Vous voici ! Vous cherchiez à vous éva-
der ?

TROTT.

Moi! Pourquoi ? C'est inutile ! Vous ne pouvez pas
m'arrêter puisque j'ai des papiers.

LA VERDURE.

Des papiers ? Voyons !

TROTT, montrant des papiers.

Tenez ! C'est un passeport en règle signé par votre bourgmestre.

LA VERDURE, lisant.

Passeport... C'est exact ! délivré au sieur Jean
Trott. Jean Trott, c'est vous ?

TROTT.

Sans doute, c'est moi !

LA VERDURE.

Qu'est-ce qui le prouve ?

TROTT.

C'est mon passeport !

LA VERDURE.

C'est juste ! (A part.) Il est en règle, mais le juge
m'a dit de le lui amener, il faut l'arrêter pour un autre motif.

TROTT, voulant sortir.

J'ai bien l'honneur de vous saluer !

LA VERDURE.

Un instant ! Tout à l'heure ne m'avez-vous pas
dit qu'on assassinait quelqu'un?

TROTT.

Je le croyais.

LA VERDURE.

Vous avez même ajouté que c'était le juge.

TROTT.

Certainement.

LA VERDURE.

Vous en convenez! Eh bien, je vous arrête pour diffamation.

TROTT.

Pour diffamation! Comment cela?

LA VERDURE.

Sans doute! Ce qu'on tuait, c'était un cochon; or vous m'avez dit que c'était le juge, donc vous avez pris le juge pour un cochon! Je vous arrête et je vais vous conduire devant lui.

TROTT, riant.

Ah! Ah! Ah! ma foi, je veux bien, gendarme; c'est trop drôle! J'espère que le juge sera moins sévère que vous et qu'il me mettra en liberté. Quel bon souvenir de voyage je vais raconter au Club Alpin!

Rideau.

FIN

Imprimerie générale de Châtillon-sur-Seine. — M. Pepin.